스테이크 스테이크 스테이크

스테이크 스테이크

수덕 스님 지음

지혜의나무

이 세상에서 가장 존귀한 분

모든 영광 받기에 합당하신 분

스스로 거룩하게 대정각을 이루신

부처님께 경배합니다

수덕

시인의 말

인간은 필연적으로 하나이고 유일하며
비존재를 통하여 존재의 가치로 한 발 나아간다.

태고부터 지금까지
가르침은 언어를 통해 이루어졌으나
내가 전달하려는 말의 그 언어들은
쉽게 휘말리거나 시야를 잃게 하는 힘도 가지고 있다.
그럼에도 불구하고 표면 아래 숨어있는 진실을 통하여
좀 더 근원적으로 순수의 내면을 노래하고 싶었다.
그 노래의 역사를 여기에 묶었다.

어느 날
섬광처럼 스쳐 지나간 깨달음의 조각들을
온 인류에게 일반화할 수 없다는 것을 알아차린 것을 보면
나도 꽤 지혜가 깊어진 듯하다.

갑자기
얼마 전 돌아간 누님이 보고 싶다.

차례

지랄병 났나?

이 몸
봄바람에
지랄병 났나?

비바람에
난분분 떨어지는
꽃잎

해도,
비 오니
참 그리운
님

이 몸
봄바람에
지랄병 났나?

죽 떠먹은 자리처럼

표시도 없는

내

그리움

사랑은

그리움을 먹고 산다.

어느 봄날

아주 갑자기 눈부신 선물이 배달되었다.
그 선물은 마치
한파에 쏟아지는 햇살처럼
빛을 머물게 하는 내 삶의 축복이었다.

삶의 메마른 대지를 일깨우는 봄비처럼
망설임과 설렘을
동시에 안겨 주는 그분
나의 하루는 감동의 시작이다.

혹시,
흔적 없이 사라져 갈 허무의 동산에
내 영혼을 촉촉이 적셔 주는 대상이 있다는 것
내 가슴은 환희심과 사랑으로 빛난다.

수확보다 상실이 많았던 삶의 굴레에서 벗어나
깨달음으로 하루를 시작하려는 나에게
수행을 다짐하게 하는 그분

나의 내일은 꿈같은 행복이다.

나무관세음 보살

봄볕

봄볕에 앉아 적정에 들다.

매화 꽃봉오리 트고
목련의 날개가 속가집 누이를 닮았다.

수덕산 날맹이 낙엽송 푸른빛 띨 때
우체부 아저씨 소식 하나 전한다.

신호 위반 70,000원 납부 엄수

순간, 나비 한 마리 날개를 퍼득였다.

한 물건

쪼골쪼골 말라비틀어진 것이
볼 것도 없는 것이
스물스물
스물 고개를 넘는다.

비상은 신의 영역이건만
촛물로 만들어진 날개를 퍼득이며
자만의 칼을 꺼낸다.

겨우 빵 한 조각 던져
얻어 낸 갈매기의 깃털들이 없었다면
신화는 오딘의 깊은 바다에 빠져
심청의 노리개가 되었을 것이다.

오늘도 어김없이
수덕산은 달덩이처럼 솟아오르고

쪼골쪼골 말라비틀어진 것이

볼 것도 없는 것이
또 고개를 내민다.

그리움으로 산다

보고픈
마리아에게
돌중 하나 매달린다.

매일
알다 모를 대화록을 작성하며
지그재그를 그리지만

그것은
그리움의 다른 이름

투 아웃

밤이 문을 두드리기 시작했다.
점령군처럼,
하나 둘
홈플레이트는 불을 켜고
내 의지완 상관없이
분홍의 꽃잎처럼
잔루는 명멸에 명멸을 더해갔다.
아웃!
아웃!
투 아웃!
수덕산 앞 강이 소리 내 울었다.
수덕아
더 슬퍼야 철이 든다.

푸른 집

주몽이 아킬레스에 살을 매기거나
홍길동이 황금박쥐로 변복을 하거나
임꺽정이 배트맨의 가면 속으로 들어간 뒤
내일
동경에서 출발 하는 은하철도 999를 탄다 하더라도,

디오게네스는
오이디푸스의 눈을 찔렀을 것이다.

흰 새벽에도 늘 개가 짖는다.
멍멍
바우바우
바우와우
하우하우
와와

그들의 아버지는 아이의 아이였으며
거기에도 사실은 하나도 없고 온통 해석뿐이었다.

아마 어제였지.
경찰의 바리케이트를 비웃듯 벗어난 뒤
허망한 기자회견장에서
그는 하인리히 하이네를 흉내 내기 시작했다.

"나는 그런 말을 한 적이 없습니다.
아니 기억나지도 않습니다.
절대 오해하지 마십시오."

남쪽을 향한 그 푸른 기와집에서
그는 얼마 남지 않은 머리카락을 위아래로 흔들며
통성 기도를 하기 시작했다.

취리히에서 날아온 쇼이히처의 채석장처럼
그는 드디어
장수도롱뇽들과 같이 놀기 시작했다.
요순堯舜의 남면南面도 모르면서……

두보에게

나무여
오늘도 너는 여전히 겨드랑이 벌려 뜨거운 태양을 맞이
하고
깊은 뿌리로 대지의 자궁을 움켜쥐고 있다.

내가 너에게 줄 수 있는 건
겨우 작은 물건 하나 꺼내어
너의 뜨거운 호수에 담는 일

너는 항상 키 큰 거인이었으니
나 오늘도 네가 없는 야생의 숲속에서
쓰러진 나무들처럼 피를 토하며
나를 해체한다.
내 안의 나를 해부한다.

썩어 가면서 더욱 많은 생명을 잉태할
너의 변태를 인수분해 한다.

아름다움은 오히려 추함의 끝
짧고 덧없는 한 편의 아다지오가
지휘자의 목을 부러뜨리고

너의 노래가 끝나자
우리들의 모든 평화도 함께 끝났다.

구나무산 등걸에 걸린 뾰족한 그믐달 하나
명지산 잣나무 숲에 두루마기 한 자락 펼쳐 놓고

차 한 잔 끓인다.
두보를 기다린다.

스테이크 스테이크 스테이크

세인트헬레나로 가면서 나폴레옹은 주치의 앙등 마르시에
게 말했다.
내가 죽은 뒤
내 위장을 자세히 부검해 보라고

아침 음식 접시 위의 커다란 스테이크처럼
밤색 소스를 바른 채
그녀는 하얀 침대 위에 생소하게 누워 있고

오랜만에 쬐는 낯선 조명은
얼마 남지 않은 추억까지
웨딩의 슬픈 곡조에 파묻히게 했다.

빨간 양탄자를 느릿한 걸음으로 미끄러지던 조세핀은
과연 웨딩 마치에 맞춰 부케를 들어 보긴 했을까.
부케에 그리움 하나씩을 꽂아 보긴 했을까.

내 옆자리에 앉은 여자가 몇 캐럿의 다이아를

뱀 혓바닥처럼 날름거리며 치근거렸다.

하하호호
웅성웅성

모피 코트 위에 걸어 놓은 귀걸이를 스테이크 접시 위에
내려놓고
나는 칼질을 했다.

피아노 소리 피아노 소리
미디움 T-bone
스테이크 스테이크 스테이크

조세핀은 과연 결혼식을 올려 보기나 했을까.
웨딩 마치나 들어 보고 세인트헬레나로 추방되었을까.

신부 입장을 알리는 장내 멘트와 함께 다시 수근거림이 시
작되고

낯선 병정들의 얼굴이 춤추기 시작했다.

귀와 귀 사이로
익지 않은 시선들이 어설프게 교차하고
콜라의 맥주 거품처럼
평범함은 이제 더 이상 비범한 기술이 아닌
평범함임이 장렬히 밝혀졌다.

나폴레옹의 위장을 들어내자
이미 추방당한 조세핀이 알몸으로
그 속에 다시 세 들어 살고 있음도 밝혀졌다.

흑백 사진은 이제 더 이상 추억 놀이가 아닌 단순한 흑백
놀이임이
단 한 번의 메스질로 명백히 밝혀졌다.

수덕산*에는 수덕이 산다

언제든가
수덕산 잣나무 아래서 수덕**이 죽었을 때
공자도 죽고 석가도 죽고
예수와 소크라테스도 죽었다.

나는 그때
커다란 소멸에 몸을 떨었다.
달아난 옆구리 때문에
하루 종일 탱화로 나부꼈다.

받아들일 수 없는 것을
받아들일 때
받아들임은 진짜 깨달음으로 오는 것

그런데 왜 하필 나지?
유다도 있고 앙굴라 라마도 있고
세조와
조주와 혜능도 있는데

내가 아는 것은 다만 가장 고통스럽고 힘들 때도
수덕산은 거기 있다는 것
꿈과 희망을 버리지 않고
사랑과 공안도 버리지 않고
바람처럼 거기 있다는 것

오늘
수덕산문을 활짝 열고
나는 다시 수덕으로 태어났다.
천둥과 번개 몇 개도 데리고
고라니와 두더지와 족제비 몇 마리도 이끌고
수덕산의 수덕이 되었다.

수덕산이 수덕이라는 것은
38선에서는 누구나 다 아는 일
수덕산이 수덕이라는 것은
성경과 화엄경과 코란 속에도
이미 진리로 기록되어 있는 일

어제 수덕산이 그렇게 말했다.
너는 진실한 수덕이라고
진실한 수덕산 수덕이라고
멧돼지라고
솔바람이라고
키 큰 잣나무라고

사랑하는 사람들은 수덕산에 와서 외친다.
우리는 불로 만났어요.
사랑하는 사람들은 수덕산에 와서 또 외친다.
우린 불이 아니라 물로 만났어요.
물은 불이고
불은 물에서 생겨났거든요.

이른 봄 수덕산에 철쭉꽃 피면
나도 이젠 철쭉꽃 핀 자리에 철쭉꽃으로 피어
나의 소멸과 귀환을 춤출 거예요.
나를 연호하며

수덕산에 나를 심을 거예요.

그러면 깊은 숲 골짜기마다 소쩍새 울겠지요.
깊은 숲 솔가지마다
부엉이 울겠지요.
쑥떡, 쑥떡 뻐꾹새도 울겠지요.
그럼 나도 수덕, 수덕 하고 울겠지요.

번뇌는 원래 똥이라지요.
그럼 사랑도 원래 똥이었겠네요.
번민도 원래 똥이라지요.
그럼 연애도 원랜 똥이었겠네요.

그래서 세상엔 똥이 많군요.
그래서 똥 세상이었네요.
돈 세상이었네요.
돌아버린 세상이었네요.

돈 세상을 위해 저는 이제 정말 돌렵니다.
유다가 되렵니다.
앙굴라 라마가 되렵니다.
세조가 되렵니다.
압구정의 한명회가 되렵니다.

머루와 다래가 익을 무렵
해와 달을 불러 놓고
달빛 블루스도 추렵니다.
석가 예수 공자 소크라테스와 함께
룸살롱도 가렵니다.

비로소 나는 수덕산에 부처가 없음을 압니다.
예수도 없음을 압니다.
가롯 유다와 한명회도 공자도 없음을 압니다.
수덕산에는 오직 수덕만 있음을 압니다.
수덕이는 오직 수덕임을 압니다.

그런데 수덕산 건너편 대원사 앞마당에

목련은 웬일?

석가모니와 예수와 가섭과 38선은 웬일?

수덕은 웬일?

* 수덕산 : 경기도 가평군 북면에 있는 해발 794.4미터 높이의 산.
** 수덕(修德) : 수덕스님의 불명(佛名).

볼록거울 사이로 바람이 불 때

가회동 골목길 어귀
나무처럼 외로운 볼록거울 사이로
노인 한 분 걸어 나온다.

담 위를 샌드위치 판넬로 가린 도시의 달이
내 가슴처럼 아프다.

출차주의
출차주의

90년 식 작은 마티즈 한 대
쏜살같이 튀어나온다.

볼록거울 사이로
바람이 불 때.

섬

수덕산 오르니
인왕산 치마바위
거기
섬이 보이네.

혹
거기도 소쩍새는 우는가?

나를 보며

산속
쪽빛 바다에
초승달 하나

짠 차
긴 호흡 한 번
생사가 거기 있네.

춤추는 예언

나는 그렇게 결정했다.
시간은 30분뿐.
철조망으로 둘러쳐진 곳이 나의 공간이다.
세상이 수십 번 바뀌어도
변하지 않는 것은 오직 내 밥그릇뿐.

목숨을 움직이는 기대와 불안이
내 허리를 감는다.
내가 할 수 있는 것은 오직 하나
세상의 모든 것을 허물고
힘 빠진 날개를 접는 것이다.

그러나 나는 또
미래레빠로 다시 태어나리라.
10월의 첫 주 안드로메다의 푸른 제단 앞에서
가사만을 두른 채

3천 년의 세월은 그리 길지 않다.

세이렌의 노래는 시작되었다.

나를 돛대에 묶을지어다.

예언은

새로운 날개를 타고 와

폭풍우처럼 춤 출 것이니

나에게 남은 시간은

아직도 30분뿐.

그때 챙기세요

시간이 지나면 비탈이 보일 거예요.
그리고 거울을 보면 알아차리게 될 거예요.

벼랑 끝
번들 렌즈로
삶과 죽음을 찍 듯

그 곳엔 세네갈의 여인도 있어요.
과달하라의 가면도 있어요.

장님이 사진을 찍듯
무연 인화지에 넣기만 하면
관념은 길게 목을 빼지요.

내 영혼이 콜라가 담겼던 페트병 속에서
아라비안나이트처럼
조리개 값과 앵글 거리로 꿈을 꿀 때

눈이 먼 채로 사진을 찍는
나의 발가벗은 육체

그저 보기만 하세요.

나는 오늘도 꿈을 꾸듯
조명도 없이
카메라 셔터를 눌러대고 있어요.

아, 거기
귀밑머리 짧은 새초롬한 얼굴도 보이네요.

시간이 지나면 비탈이 보일 거예요.
그리고 거울을 보면 알아차리게 될 거예요.

그때 챙기세요.

너는 그곳에 있다

법당에서 목탁이 걸어 나온다.
명지산 멧돼지 한 마리 법당 앞에서 숨을 헐떡인다.
커다란 견치의 위엄도 잃고
온 몸에 눈을 뒤집어 쓴 채
안개 같은 숨을 토한다, 용두암 포말처럼

아프리카 숲
탄자니아의 어디쯤
야생의 지프차에서 내려다보았던 그것이다.

너는 그곳에 있다.

멧돼지와 함께 마침내 목탁이 쓰러진다.
법당도 쓰러진다.
부처도 쓰러진다.
나도 쓰러진다.

이 뭣꼬?

그녀

비가 오면 만나야 할 사람 있다
아마 오래되어 꽃의 언어로도 통하지 않을지 몰라
세상을 읽지 못하는 까까머리
검정 우산 하나 준비한다

봄비 가늘어 방울로 맺히더라도
그대 창문엔
보슬보슬 보슬비 소리 들리겠지
눈 다 녹아 삼청동 골짜기 시냇물 불고

마침내 그녀의 새벽 뜰 안
풀잎 파릇한 새싹이 돋으면
몇 송이 망초꽃 냄새를 풍기겠지

비가 오지 않아도 꼭 만나야 할 사람이 있다
그녀를 위해
나 오늘 영혼의 검정 우산 하나 준비한다.
마법사처럼

부처를 죽이다

삼각산 문수사를 바람과 함께 돌아
한강을 바라본다.

어머니 입김처럼 따뜻한 바람이
약병 속으로 불어든다.

저 깊은 고요함 속에
혼을 타고 떠났던 것들이여
잉태의 밤들이여

흙과 물을 섞었다는 이유만으로
이천 년을 버티던 봄은 드디어 무너졌다.

그래 내가 뭐라든가
부처를 죽이라 하지 않든.

위에서 아래로
좌에서 우로 한 칼로 베든지

단두대로 보내라 하지 않든.

깊이를 알 수 없는 삼각산 적멸궁에 숨어
부처를 꿈꾸는 아, 나의 주이상스(jouissance)*여

* 주이상스(jouissance) : 이성과 현실을 넘어서는 죽음의 영역 또는 상징계(언
  어, 법, 이성, 제도)를 넘어서는 즐거움.

노숙(路宿)

나비는 보고
나비는 못 본다.

상여는 어김없이 장지로 향하고
장지문 사이로
나비 한 마리 울며 날아든다.

서울역 노숙자들처럼
반드시 존재의 이유를 알아야만
살아가는 것은 아니다.

나는 아무래도 괭이눈을 닮았다.
그 여인의 눈썹을 닮았다.

게으른 닭 한 마리
횃대에 앉아 노을을 토한다.

비가 오고

비가 오지 않는다.

귀환

화성으로 쏘아 올릴
내 이름으로 된 우주선
살아 돌아오라는 명령을 받은 뒤
생존의 블랙박스 하나 받았다.

발사 시간
510,815년 금요일 오전 8시 30분
2시간이 지나도 발사 명령은 전달되지 않았다.
10분만 더 5분만 더

발사장엔
레미콘 차가 연신 드나들고 있었다
입구에 세워진 지프차가
나의 출입을 막고 있었다.

안개처럼 시멘트 가루를 날리며
돌아오는 길
생존의 블랙박스를 열어 보았다

녹음되지 않은

회색 스웨터 하나

만화책 몇 권

갑자기 손가락이 거룩해졌다

다시 힘이 솟았다.

나는 다시 돌아섰다,

텅 빈 발사대를 향해

화장실에 앉아 있는 동안

발사는 다시

510,815년 11월 중순으로 연기되었다

고양이는 부르지 않을 때 오기 때문이다.

추위에 흐느적거리는 영혼에 대한 영적 고찰

아직도 난
유아의 기저귀와 요람에서 헤어나지 못한 것이 분명해
그렇지 않고서야
구석기시대의 그 긴 돌 외투를 걸쳐 입고서
짧은 쾌감의 황혼을 불러댈 수 있겠는가

추위에 흐느적거리는 저기 저 큰길가에 가로등들이 외롭
게 보일 즘
그대에 대한 그리움이 고개를 내밀고
아래채로 내려오는 하강의 순간에도
과일 향처럼 다가오던 그대

착각이거나
순수이거나
몇 개의 베일을 첼로의 음률로 헤치고
그대 입술을 생각했다.

전에 그렇게 한번 날았던 날개를 끄집어내

어설픈 첫사랑의 몸짓을 향해 외쳤다.

레디 고우!

그리곤 이내 컷! 컷! 컷을 외치며 검붉은 대정맥의 핏줄을
세운다.

나도 너처럼 그렇게 할 수 있을 게야.

라파로마의 탱고를 틀어 놓고

돈 후안과 김삿갓을 내 슬픈 방황의 거리에 불러낼 용기

그 숱한 만남과 슬픈 사랑들이 연출했을 랩소디

나는 아직 저절로 눈이 감기는 어머니의 젖 냄새에 묻혀

두 발 바둥대며 피터 팬의 날갯짓을 한다,

사람들은 미쳐서 살고 정신 들어 죽는

그 지겨운 알아차림의 경계를 향해

아스팔트

검은 아스팔트 위
노란 선 두 개
그리고 길게 이어진 하얀 선 하나

아마 내 마음에도 이런 선이 있을 걸.

영원히 만나지 못하는 선
X와 Y 값
미적분 방정식을 동원해도
아마 풀지 못할 걸.

그
검은 아스팔트 위에 내가 있다
여기가 어디뇨

플라스틱 김치냉장고

플라스틱 김치냉장고가
그녀 같다.
김치 통에서 산타 할아범처럼 벌건 놈을 꺼내
하얀 도마 위에 눕히곤
송송 썰었다.

북어 속, 마른 멸치, 표고버섯
양파, 다시마를 유리 파이렉스에 넣고
물을 하나 가득 담아
가스레인지에 중불로 올려놓았다.

한 시간은 족히 넘었을 게다.
국자로 맛을 보면서
냉장고 야채 칸에 없는
무 한 조각이 자꾸 생각났다.

깊은 맛이 느껴질 즈음
썰어 놓은 김치에

참기름, 참깨, 식초로 맛을 내자
냉장고 안의 없는 무가 또 생각났다.

나는 밥통의 밥을 사기 국그릇에 퍼 담고
끓는 육수를 몇 번이나 밥에 부어
뜨겁게 데워 냈다.

새콤함과 고소함과 소박함이 한데 어우러지고
나의 작은 정성까지 버무렸으니
이만큼 준비된 소통이 또 어디 있으랴
부쩍 늙은 노모의
환한 미소 같았다.

참 맛나다.
김치 맛이 좋으닝께 맛있는 거유 하는 보살님 말에
지난해 내가 담은 세 접의 배추 모습이 떠올랐다.
한 놈 두 놈
소금에 절인 놈들

손도 참 시려웠다.

설거지를 하다 보니
또 떠오른다.
육수 그릇에 못 집어넣은 무 한 조각
이 무 한 조각이
혹
그거여?

기찻길 옆 작은방

낯선
인도의 어느 도시
기찻길 옆 작은 방
새벽을 기다리며
또 다른 여행을 준비하는
이방인 하나

기적소리
종소리
빨간 불의 플랫폼
차가운 기찻길

이방인은
외로움의 코트 하나
또 걸쳤다.

길에 서다

바이칼 호수 사슴의 언덕이거나
황하강 조개 무덤쯤에서
나의 유전자 지도는 시작되었을지도 몰라.

아냐

안나푸르나
어머니의 강어귀쯤일지도 몰라.

나는 아직도
승리자의 뜨거운 심장을 지녔고
그 사람의 오만한 지식과
고개 숙인 생존의 지혜도 지녔지.

하지만 무엇인가
붉은 꽃 이파리처럼 싸한 바람이 가슴에 이는 것은

만주 벌판에서 마주쳤던 말갈족의 여인을 기억해내는

처절한 생존의 사역과
내 혈관 깊숙이 내재된 번식 본능의 꿈틀거림

하지만 그게 무엇이 중요한가
나는 지금 여기 서 있고
가야 할 운명의 길이 있다.

새벽 차가운 북풍이 몰아쳐도
가야 할
그 길
그 길 위에 서 있다.

길은 시작이고
그 끝이다.

나

산
하나 허물고
또 하나
허문다.

굽은 길
하나 없애고
또 하나
없앤다.

산 깎아 다리 놓고
굽은 길 바로 놓으면
빨리는 갈 테지만

여기저기
망초꽃 하며
나리꽃은
언제 볼까.

이슥토록
초승달은
말이 없네.

자유

누구나 자유를 꿈꿉니다
하지만 누구도
자유롭지 못합니다

일상에 얽매여
날개를 맘껏 펼 수 없는
현실 몇 자락이 고개를 내밉니다

가슴속에서 스멀거리는 이상은
혼자서 곧잘
황홀한 비상을 하기도 하지요

비가 그치면
하늘에서 무지개가 나타나듯이

있는 듯 없는 듯
아련한 일곱 빛깔
그 고운 꿈을 바라보면

나도 몰래 설레는 가슴

무심코 고개 들어
올려다 본 밤하늘
저 빛나는 별이
내게로 쏟아져 내리던 날

그리움이 되어
내 가슴속으로 들어옵니다.

언젠간
사랑하는 별 하나를 갖고 싶은 것이
나만의 욕심일는지.

욕망의 조각에서
당신과의 사랑을 꿈꾸는 것이
나만의 지나친 이기심은 아닐는지.

자유를 갈구하며

나의 화두 하나 본다.

마지막 사랑

그렇게 사랑하고도
외로운 것은
내가 그대 곁에
잠들지 못하기 때문입니다.

그렇게 보고 싶어서
눈물이 나는 것은
내가 그대 곁으로
갈 수 없기 때문입니다.

내가 지금 그리워하는 것은
노을 속을 걸어가는
바람의 기억도 아니고
어린 풀잎을 흔드는
빗방울의 노래도 아닙니다.

죽도록 사랑하면서도
아파 오는 가슴은

그대 앞에 낯선 타인으로 서서
웃지 못하기 때문입니다.

그대는 지금 붉은 입술로
울지 않는 밤을 안고 잠이 들고
나는 지금
잠들지 않는 밤을 걸어
그대에게로 갑니다.

이 밤도 푸른 들녘에 서서
시린 영혼을 흔들며 오는
눈 뜬 그리움
내가 마지막 사랑했던 이
그대

새

잘 지내는지 소식이나 알고 싶은데
잘 계시는지 전화라도 걸고 싶은데
공연히 폐가 될까 망설이다가
숱한 밤을 그렇게 맞이했습니다.

모든 인간사가 그렇듯
사랑하는 사람에게도 지켜줘야 할 것이 있기에
그리운 얼굴 하늘 되어
구름으로 흘러갑니다.

오래 참아 온 날들이
새처럼 부럽기도 합니다.

꽃 피고 열매 맺는 것도 아름답지만
꽃망울 살짝 내민 것이 더 큰 아름다움이기에
마음 깊이 묻어 두고
안녕을 해봅니다.

미련은 없으나

못 다한 안타까움이 가슴 한복판을 긁어냅니다.

지금은 사랑합니다 라는 말보다는

이 사람이

곧 저 사람이라고 외치렵니다.

상실의 시대

감성
고향 버스 정류장 옆

학 다리같이 긴
전봇대

땅
100만 평당
6백 원

종이 한 장
너덜너덜
봄바람에 춤춘다.

춘식아

하는 일도 별로 없는 놈이
벌써 잊다니
오늘이 100일 날인 줄
까마득히 몰랐다네

자네가 누운 그곳에도
지금쯤은 봄바람 어김없이 불어
장승 같은 너를 깨우겠지

산등성이 힘차게 넘던 그 바람도
자네 앞에서는
절절맬 거야.
아련할 거야.

춘식이, 자네

죽음을 기다리며

한 사람이 세상을 떠나고
또 한 사람의 종언을 준비하는
죽음은 단호하다.

어제도 그랬듯이
오늘도 그러하듯이
죽음은 완전하다.

나도 그렇듯이
너도 그렇게 죽을 것이다.

여름

오랜만에 자판을 두드린다.

어제까지도
내 뒷목덜미를 물고 늘어지던 여름

새벽 발치에 버려 누었던
낡은 차렵을 찾다가

너도 몰랐겠지.
이렇게 나를 포기하고 물러 갈 줄은

이제 우리 처음과 같이
달팽이처럼
달랑 맨 몸뚱이 하나만 남겠네.

잃어버린 것은 무엇이고
사라지는 것은 무엇인가?

이젠

이제 해가 지면
사랑이라는 이름으로 열어 놓았던
기다림의 문을 닫으려 합니다.

무지개처럼 아련하게 바라보이는
저 길 끝에서
이젠

별로 슬퍼 보이지 않게.

책

그대는
아름다운 여인네 같습니다.
때론 먼지가 나고
때론 냄새도 나지만
그대를 보는 순간
나는 참 행복합니다.

그대가 열어가는 것
그것

도솔천의 입
책

극락의 문
너

화장하기

이럴 때는
한파가 뫼비우스의 띠처럼 달려들 테지.
화장실의 온기가 패잔병처럼 도망가고
아프리카의 버닝맨은 마르크스처럼
동상을 높이 세울 테지.

칼릴 지브란은
참나무와 삼나무 사이를 벌려 사랑의 바람을 불게 할
테지.
그래, 그럴 테지.
파스텔 톤의 마른 립 칼라는
남자를 유혹하기 힘들지.

너의 하늘을 찌르는 코도
아이 메이크업과 대비되지 않게 해야 됨을 기억하라.

물론 자연스러운 볼 터치는
너를 호박으로 만든 신데렐라의 명품 마차를 타게 할 테니 기억하라.
기억하라.

그도 기억하라.
그 모든 것도 기억하라.
그 모든 색깔과 바람의 화장기도 기억하라.
칼릴 지브란이여
칼릴 지브란이여
칼릴 지브란의 딸들이여

꽃순이

항상
지혜로운 말씀을 깨닫기 위해
깨어 있었으면

항상
세상의 아름다움을 느낄 수 있도록
내 안에서 너를 체험할 수 있었으면

세상에서 잃어버린 나를
다시 찾아 준 당신에게
박수를

오직 나만 믿고
내게 자유를 준 당신에게
또다시 박수를

내 영혼의 이마 위에서 빛나는
그대 뜨거운

키스여

입맞춤이여

꽃순이여

눈물

터널 끝에서
내 영혼의 존재를 느낄 때

길 끝에서
내 삶의 떨림을 느낄 때

삶의 끝에서
세상의 쾌락보다
고통을 줄여 나갈 때

우주 끝에서
내 존재가
존재의 빛으로 쏟아져 내릴 때

욕망이 찾아오는 길

뿌연 도시
칙칙한 비
듬성듬성 돋은 내 까까의 흰머리 위에서
찌그러진 우산을 비집고
고개를 내미는
빗방울이 굴러 떨어질 때
바로 그때

,

명상 1

입춘은
어제였고
그녀의 새벽은
그제였다.

저 깊은 겨울의 어디쯤에서
그녀는 지금
지팡이를 짚고 갈까.
지팡이를 짚고 올까.

명상 2

손가락 끝만 보다가
생각 가득한 그리움을 만나 보면
세월의 어린 싹은
다시 깊은 나의 안을 들여다보네.

이제
머물 시간은 바쁜데
싹은 왜 다시 돋지 않는가.
바람은 왜 불지 않는가.

명상 3

따사로운 햇빛은
등 뒤에 있고

빨간 장미 향내
봄바람에 날리던 때

또 다른 나를 깨우고 있는
내 안의 나여

울부짖음이여
환희여

다인

우리 모두
슬픔과 회한으로 다인의 49재에 모였습니다.

이제
우리는 그대를 안개꽃이라 부르렵니다.

이제
우리는 그대를 그리움이라 부르렵니다.

수십 번 수백 번
우리는 그대가 꿈이길 바랐습니다.

단 한 번만이라도 단 한 번만이라도
우리는 그대가 꿈길이길 바랐습니다.

수많은 회한의 별똥별이 떨어져 내린 지난밤
그대는 우리에게 서로를 용서하고 서로를 사랑하라는
씨앗 하나 심어 주고 갔습니다.

날은 차갑지만
그대가 가는 길에 포근한 눈발이 날립니다.

사랑처럼 용서처럼
하얀 눈송이가 날립니다.

이제 우리는 그대를 다시 다인이라 부르렵니다.
눈송이라 부르렵니다.

동안거

큰스님 기침소리에
베개를 높이
고인다.

아직도
바람이
찹다.

이렇게 사랑을 논하다

1.
프란츠 카프카는 체코의 천년 고도 프라하 성(城)을 사랑한
것이 아니다.
펠리세 바우어에게 바보 같은 편지만 썼을 뿐
상상만 했을 뿐
겨우 신체적 언어만 담아냈을 뿐

그도 그렇게 말했다.
사랑이란
내가 내 살을 도려낼 때 사용되는 칼이라고

2.
사랑은 소나기처럼 순수를 어깨에 반쯤 걸치고
나머지 반은 엘리아 카잔의 욕망이라는 이름의 전차를 타
는 것이거나
우연한 만남을 운명으로 만드는 힘이라고
아직까지도 장산곶에서 외치는 사람이 있다.

밥 좀 먹고 살게 되었을 때
산들바람처럼 건들거리며 나타난 사회적 담론과
시시껄렁한 해체주의는
괜시리 구차한 가난만 남게 만들었다.

그것을 우리는 또한 사랑이라고 했지.

3.
사랑은 다름을 같음으로 만들거나
차이의 철학을 커피 한 잔으로 바꾸려는 사람들의 줄다
리기
혹은 차이보다는 같음을 인정하는 것

4.
사랑을 향해
지금 결혼 정보 회사를 차리는 것은 어떨지요 라고 말하는
사람은 누군가.

5.
사랑한다면 선언하세요.
지금 바로 선언하세요.

그대는 나를 사랑하나요.

6.
사랑은 진리
사랑은 혁명

사랑은 지식과는 남남
사랑은 언제나 나의 쾌락

사랑은
둘의 관점에서 형성되는 하나의 삶

7.
사랑은

공간과 세계에
시간이 부과하는 장애물

사랑은
장애물을 지속적으로 매몰차게 극복하는 것

사랑은 지속성
혹은,
영원한 나의 약속

8.
사랑은
그중 하나를 포기하는 것

그리고
남자는 여자의 변종이라는 것을 아는 것이다.

친구에게

점심을 같이하고 돌아서는 너의 뒷모습에서
나의 나를 읽고는 쓴 웃음을 지었다.

헐렁한 양복
듬성듬성한 머리술
전번에 내린 눈이 아직도 안 녹았나.

불꺼진 캄캄한 방
이젠 수학여행 때 이야기와 베개 싸움도
서라벌의 전설로만 남겠구만.

친구
집에 가거든 잠이라도 푹 자소.

디아스포라(Diaspora)[*]와 가뤄^{**}의 혼재를 말하다

이브의 손끝에 아담을 매단다.

마리아의 자궁에 야훼를 넣고
예수를 살려낸 위대한 사람들

이번에는 붓다를 묶어
해남 미황사 괘불탱을 본 후 갑곶돈의 돈대를 돌아
신화로 잠들 즈음
내가 나다라고 말한 그가
메소포타미아 갈데아 우르에 거주하던 아브라함을 깨웠다.
카이사르 율리우스 시저가 루비콘 강을 넘기 전 갈리아로
갔듯
　그들도 유프라테스 강을 건너, 하란을 거쳐, 가나안 땅으
로 갔을 뿐이다.
　아마?
　그때 아라파트가 물 한 그릇을 줬다고 하지.
　아주 짧은 그 사이
　볼기가 확확 불이 나게 맞을 때 맞더라도 해대겠다는

김지하의 오적은

　바로 그때 썼어야 노벨상에 밥을 말아먹었을 것이고

　보름달이 서쪽 하늘에 뱀처럼 똬리를 틀 무렵

　아브라함은 이삭을 낳고, 이삭은 에서와 야곱을 낳고

　드디어는 십자가에 그를 매달다

　신화를 넘었다.

　이브의 손끝에 아담을 매달고

　비로소 나는 목탁을 쳐댄다.

* 디아스포라(그리스어 : $\delta\iota\alpha\sigma\pi\sigma\rho\alpha$[*])란 특정 인종(ethnic) 집단이 기존에 살던 땅
을 (자의적이거나 타의적으로) 떠나 다른 지역으로 이동하는 현상을 일컫는다.
한자어로는 파종(播種) 또는 이산(離散)이라고도 한다. 유목과는 다르며, 난
민 집단 형성과는 관련되어 있다. 난민들은 새로운 땅에 계속 정착했을 수
도 있고 아닐 수도 있으나, 디아스포라란 낱말은 이와 달리 본토를 떠나
항구적으로 나라 밖에 자리 잡은 집단에만 쓴다.
디아스포라 문화는 원주 지역 사람들의 문화와는 다른 방식으로 전개된
다. 여기에는 문화나 전통, 혹은 서로 떨어진 원집단과 디아스포라 집단
사이의 다른 차이점에 따라 차이가 있다. 디아스포라 집단에서 문화적 결
속은 흔히 이들 집단이 언어 변화에 대해 집단적으로 저항한다거나 고유
의 종교 의식을 계속 유지하는 등에서 그 흔적을 찾을 수 있다. 흔히 유대
인을 예로 들 수 있다.
** 가뤼는 고구려의 옛 이름이다. 고리에서 가뤼로 불리었다고 한다.

꿈 1

잭루비가 헤르도토스를 법정에 세운 뒤
리 하비 오스왈드가 1963년 11월 22일 존 F 케네디 미국
대통령의 머리를 쏘다.

수평적 사고는 패턴화의 기본이 아니다.

눈을 감고 앉아
깊이 숨을 들여 마신다.

뇌의 시뮬레이션을 켜라.

목탁 치는 사이보그
풍경이 떨어져 피아노가 깨졌다.

법당 앞의 석탑은
달마의 칼로 베어 먹은 지 오래

근데

왜 바람이 안 불지.

NO SMOKING
문을 살짝 닫아 주세요.

NO SMOKING
문을 살짝 닫아 주세요.

바람도 안 부는데
이번엔 조주 선사를 잣나무에 걸었다.

잭루비가 헤르도토스를 데리고 나온다.
수평적 사고는 패턴화의 기본이 아니다.

꿈 2

부처가 다리를 뻗은 뒤 연기(緣起)를 피우자
미소는 히말라야를 넘어
장자의 아킬레스를 물었다.
그때?
道恒亡爲라는 깃발을 세운다.
깃발에는 친절한 금자씨가 보내어
道恒은 〈도는 항상 변함없이 그대로 있는 것이다〉라고 쓰
여 있다.
그 밑에
작은 글씨로
또 한 줄

너나 잘하세요.

本

근원으로

돌아오다. 돌아옴이 아름다울 때절실함이 약해지다.

무한을 향해 열린 창에 보이는 흐르는 물을

차곡차곡 쌓아 놓으며

일시적인 권위를 쓰다.

지각은 새로운 의식 작용의 전망을 만들어 내는 흐르는 강

이다.

그 위대한 지류는 마음과 영혼의 신비로운 세계를 통과

한다.

진도의 씻김을 따라

샤만의 세계에 들다.

자각몽(lucid dream)의 세계에 빠졌다.

그렇다고 구해 줄 필요는 없다

그저 잠시

손수건을 흔들고 싶다.

그래 맞아 그것은 생각이라는 것의 감정이 들어간 게야.

짬뽕 국물에 짜장이 들어가듯

판단도 들어가 있지.

우리 모두의 생각
그리고 그 모든 생각들
바로 밑에 느낌이 있다.

그것을 찾아야만 느낌의 세계로 들어간다.
느낌의 세계는 뭐지?

지금 바로
두개골에 미세 전기를 흘려라.
도파민을 올리면 눈이 커지리라.

그러나
조금 있으면 파킨슨병과 비슷한 증상이 나타나고,
세로토닌이 부족하면 우울증이 나타나리라.

그러니,

너의 뇌를 웅크려라.

本으로 돌아오라.

한 개의 상징과 몇 개의 비유에 대하여

사랑이란 원래 절망의 벽일 때 아름답다.
너의 더러운 오근(五根)이 필요한 까닭은
내 몸이 우주인 까닭이다.
그렇게 심청은 죽어 상트페테르부르크로 왔다.

상트페테르부르크
에카테리나의 호박궁전 옆
결투에 진 푸시킨은 이틀 후에 숨을 거두었다.

그리고 연꽃이 피어올랐고
가야금의 농현은 미궁으로 빠져들었다.

명지산 자락의 바람들이 제 몸을 징하게 풀어
눈을 녹이고 속살을 풀어
심청처럼 빛나는 얼굴을 지닌 붉은 철쭉이 되고
나는 가부좌를 틀고 삼매에 빠져 적멸이 되었다.

포괄적인 지식은 가라.

깊이 있는 지식도 가라.

생각 없이 대상과 하나가 돼라.

조주 선사는 잣나무에 묶어 놓고 귀도 틀어막아라.

아직도 우리가 가진 언어는 불완전한 보조 도구일지니

언어는 사물을 기술하는 도구이다.

언어나 논리적 장치도 버려라.

나는

오직 맑은 영혼이 되돌아올 때까지 기다릴 것이다.

나는 아주 오랫동안 기다림을 갖지 못했다.

심청은 에카테리나가 되었는데,

부제와 오브제가 비유와 상징을 불러 춤을 추고

적멸의 즐거움에서 보물을 발견했다.

보물을 조심스럽게 들어 풀을 붙이고

심청의 등 뒤에 붙이다.

가야금의 줄이 농현으로 울며 미궁이 연주된다.

심청이가 웃는다.

여행

빛과 공간
너는 신부처럼
본래 꽃의 근원으로 돌아와
자작나무처럼 아름답다.

내초에 공산이 있어 빛이 있었넌가?
빛이 있어 공간이 생겼던가?
무한을 향해 열린 창으로
견우와 직녀처럼 산다는 절실함이 약해지고

너와 나의 가슴에 흐르는 물은
김삿갓의 바랑처럼 오늘도 돌고 돌아 산을 넘고
바람처럼 찰나의 권위를 앞세운다.

그대여
숲에 머물며 상쾌한 휴식을 가져라.
숲이 주는 음악 여행을 보아라.
하지만 모든 생명의 근원이 물인 것처럼

쏜살같이 비가 내려 대지를 적시고
함성은 계곡을 타고 내려와 강이 되듯
결국 우리는 바다일세.

그런데 이젠 뭐하지.
물이 동그랗게 돌아 우주선을 삼키고
본래의 꽃에 근원으로 돌아왔으니
홀로 오고 홀로 돌아가시게.

오늘도
빛의 돌아옴이
여전히 아름답군.

후생에는

어느
여인이 말했다.
'오늘'이란 현생엔
이미 그대는 없습니다.
'전생'에서 만난 까닭이지요.

아마 전생에서
따뜻한 손길
은은한 미소
부드러운 목소리의
그대였나요.

그대는
'어제'란 전생에만
존재합니다.

하지만,
'내일'이란 후생에

그리운 그대 모습
다시 볼 수 있기를
기다리겠습니다.

그대 뉘시우

어느 여인이 말했다.
그대를

많이 좋아하면
가볍게 보일까 걱정이고

마음을 억누르면
내 마음 모를까 걱정이고

너무 가까워지면
빨리 헤어지게 될까 걱정이고

너무 멀리하면
지쳐 돌아설까 걱정이고

이래저래 많은 걱정
부처 되긴 틀렸소.

혹 그대 뉘시우.

수덕산이나 오르시지.

겨울 새벽별

춥고 매서운 바람이
창문을 두드리는 새벽

누구를 기다리나
달빛만 덩그러니
하늘을 지키고 있다.

별빛의 찬란함은
달의 외로움을
함께 해주고 싶은
아름다움일 것이다.

청명하다.
어찌나 맑은지
눈부시다.

차마 하늘을 두 눈으로
바라볼 수 있는 용기가

없을 정도로 티 없다.

겨울 하늘의 새벽별
내 가슴속에 하나 박혀 있다.

오늘도 살며시 꺼내 본다.
식어버릴까
빛을 잃을까
누구에게 들킬까

아껴 두었던
고운 사랑 예쁜 사랑
살며시 두 손으로
가슴에 묻는다.

아마
그대들에게도
그런 사랑이 있었으련만

겨울 하늘의 새벽별
그들의 가슴에 빛나던 별들은
지금 어디에 있을까?

하얀 달빛이 외로움에 몸을 떤다.
법당은 조금 더 올라가야 하는데

사랑 1

정릉 골짜기에서 들리는 아침 종송 소리
어느 스님이 칠까?

무엇인가의 거짓에 의하여
우정이 깨지는 것처럼
연애는 진정한 무엇인가를
외면해서 깨어진다.

그러나
사랑해서 사랑을 잃는 것은
전혀 사랑하지 않는 것보다 나으리.
사랑의 필연은
참고 견디는 것이 아니라
그것을 감싸 주는 것이 아니라
사랑하는 것이리.

모든 것은 내가 있기 때문이다.
내가 없으면 이 세상에 아무 일도 없을지니.

사랑 2

만약 당신이 사랑과 기구한 운명과 괴로움 속에 있다면
그것은 당신이 인간이기 때문이다.

그러나
사랑을 알기까지는 여자도
아직 여자가 아니고,
남자도 아직 남자가 아니다.
사랑은 남녀 모두 성숙하기 위해
서로 필요한 것이다.

그러므로
사랑하는 마음을 억제하는 것은
사랑하는 사람에게 받는 그 어떤 처사보다
더 잔인한 것이다.

제발 부탁한다.
내가 당신에게
당신이 나에게 한 사랑이 헛된 사랑이라고 말하지 마라.

사랑은 결코 낭비되지 않았다.

비록 그것이 상대방의 마음을
윤택하게 하지 못했다 하더라도
그 물은 빗물과 같이
다시 우리들의 생으로 돌아와
새로움으로 가득 채워질 테니

사랑은
발끝으로 살금살금 걸어오지만
떠날 때는 문을 쾅 닫고
나가버리는 법

세상이 한 사람으로 줄어들고
한 사람이 신으로까지 확장된다면
그것은 사랑이다.

정릉 골짜기에서 들리는 종소리

어느 스님이 칠까?

.

나는 홀씨

하나의 홀씨
민들레 홀씨가 여행을 기다린다
마침 바람이 불어 그대 곁으로 향한다
이제 그대가 물을 주고 눈길도 주어야 한다

나는 그저
하나의 씨앗으로 존재할 뿐
따로 존재할 뿐

이제 그대가 선택했으니
책임도 그대의 것이다

you owner your risk

그녀가 오려나

서쪽 하늘가 떠나지 못한 새벽달
뻐꾸기 울음소리에 산빛 더욱 깊어지고
한 줄기 바람은 솔 향을 내게 주네.

바로
그녀의 냄새
차디찬
청명의
섬진강 은어 냄새를 닮은
그 하얀 체취

비바람 소리
냄새가 난다.

나폴레옹이 조세핀에게 편지를 썼다
나 곧 돌아가오
목욕하지 말고 기다려 주오.

Dark and Bright

빛은 어두움이 있어야 하는 법
저 모퉁이 돌면
보라색 구절초처럼
향기로운 기다림으로
흔들거릴 그대
산들바람이라 탓하지 마소.
먼 만남의 부끄러움이라 말하지도 마소.
항상 나의 어두움보다 그대가 더 깊다고 말하지 마소.

그리움은 보석 같은 것
가슴에 깊이깊이 감추면 감출수록
그 빛은
태양처럼 빛나리오.

잊어버림이 능사라면
구절초 향기가
나의 뇌리에 남아 있을 지금
그대를 잊기 전 떠나시구려.

세상 일은
원래 그렇게 꿈같은 것
그대를 떠나보내고
그리움은 어둠 속에 갇히고 말리.

어떤 것이 절대 선(善)이던가
비천함과 어두움이 없다면
오늘 그 지혜의 눈을 떠라.

빛은 어두움이 있어야 하는 법

즉흥시 1

바다가 안개를 휘감고
어제부터 시작한 포옹을 풀지 않았을 때
나는
풀들 사이에 가득한 이슬을 밟고 있었다.

해오름 시작한 저 들녘의 아릿함이
내 코에 들어와 기억의 저편
어느 행복함의 장면들을 꺼냈다.
그 스님
잘 있을까?

즉흥시 2

온다는 친구는 소식이 없고
바람은 쉬지 않고 달린다.
어제 먹은 보말 수제비가 생각나지만
그것도 오전 9시쯤에는 우물가에 숭늉인데
그리움은 바람을 따라 오름의 산등성을 넘었다.

무제 2

내가 그대의 아들이기를

구름 한 점 열락의 비가 되다.

흐름과 막힘을 게시판에 적는다.

어떤 여인에게 내가 묻자 '예' 라고 대답한다.

떨어짐의 불연속과 만남의 연속이 존재의 모습을 전이시

킨다.

욕망은 어느새

변화의 흐름을 밀어내는 엔진이 되었다.

그리고

흐름과 막힘을 드러내는 게시판이 되었으니

이제 모두 옷을 벗세.

허, 근데 내 존재는 어디로 갔노.

육체와 정신의 경계가 여기 어디쯤이던가.

아, 또 다른 실체여

어이! 거기 꼬리가 보이네.

뉴욕에서

그대와 난
그때 남남이었습니다.
다른 사람들처럼
어떤 인연이 우리를 있게 했을까요.

나는 지금도 잊지 않습니다.
그대를 처음 만났던 때를
때로는 기적이거나 우연이었지만

나는 지금도 잊지 않습니다.
눈인사가 끝나고 합장하고 악수를 나누었을 때를
사람은 만나면 헤어진다지만
우리의 인연은 그렇게 끝나지 않았습니다.
다시 시애틀
쉽게 사귀는 사람은 쉽게 떠나가는 법
우정도 생각의 그릇만큼 넓어지고 깊어지리니

그대를 처음 만났을 때

손에서 느꼈던 그 떨림을
나누었을 때를

나는 당신을 볼 때마다
상실을 경험하곤 합니다.
커튼 사이 틈새의 빛이 아니라
어둠은 빛의 존재로 가능한 것처럼
하늘이 있어 땅이 있듯이
상실은 또 하나의 세계를 꿈꾸며
관세음보살의 미소처럼 싱그럽습니다.

만왕의 왕이시여

그대는 누구인가?

……

나는 누구인가?

……

마지막 멘트다.

자기 자신을 바로 쳐다보라.

그렇지 않고는 진정한 자기를 알 수 없나니

그런 다음에야 알고 이해하고

참으로 받아들일지니

지금까지 왜 그래야만 했는지 용서할 수 있나니

보라!

그리고 알아차리라!

캄캄한 고난의 바다와

가슴 찢기는 슬픔의 대지도

모두 그대 마음 안에 것이다.

하지만,

이것은 객관적인 눈으로 자신을 바라보는 자만이
이해할 수 있을지니
어디서나 빛나는 겸손을 바른 손에 쥐고
지혜의 투구를 머리에 쓰고 나가면
가장 위대한 자가 되리니

그대 가장 높은 자리에 오르라.
자아를 내려놓고 나를 낮추라
그리고 눈에 보이지 않는 금색의 찬란한 옷을 입으라.
만왕의 왕일지니.
그대
부처이거나 예수거나

가면 persona

저기 저 모습이 너이랴
여기 이 모습이 너이랴

너느 아직
바람이 못되었구나
아직
산을 넘지 못한걸 보니

너는 아직 무소가 못되었구나
아직
거기서 밭을 가는걸 보니

생각을 멈추게
말이라는 것이
입에서만 나오는 것이 아니니
가면은 보이기 위해 존재하는 것이거늘

노가리 한 마리
─ 봄날, 밝음에게

날씨가 풀려서 섭섭하오.

겨울은 역시

코끝을 싸하게 해주는

바람이 있어야 제격이오.

차 한 잔도

콩나물국 한 그릇도

모두 그러하오.

더구나 봄날이 여행을 하는데 말이오.

일간 한 번

봅세.

국밥 한 그릇도

시켜 놓고

우리의 언사도 옆에 앉혀 놓고

그러다 보면

우주도 옆에 앉고

창조도 옆에 앉지 않겠소.

혹 알우.

밥집 주인장 기분 나면
비움도 한 그릇 가득 덤으로 담아내고
연탄불 위에서
노가리가 몸을 비틀지
이 세상을 비웃듯이 밝음도 크게 웃겠지
결국
그 모습도 우리일 테니.

누님 1

흙 한 줌 단지에 담다.

암울한 침묵과 한숨들이 묻어나는 곳
영원히 사는 곳이라는 간판이 붙은 곳

도착해서 그녀를 내어주고는
꼼짝없이 몇 시간을 목을 길게 빼고 기다렸다.
옥중에 있던 안중근 의사를 기다리는 것도 아니었지만
산입에 거미줄 칠까 봐 갈비국을 입에 쑤셔 넣고 있었다.
이런 인간들을 우리는 호모사피엔스라고 분류한다.
이 얼마나 위대해 보이는가.

그녀의 이름이 모니터에서 빨갛게 껌벅거리자
우리는 이제 끝났다는 심정으로 거대한 불가에 모여들
었다.
나도 너도 곧 이리로 올 것이건만 아무도 기억하려는 사람
은 없다.
아직도 식지 않은 내화 벽돌의 열기는 월드컵과 같았다.

아니 그런데 그녀의 몸은 반쯤 없어진 두개골 조금과 약간
의 쇄골.

그리고 눈처럼 하얀 대퇴골과 척추 몇 개가 전부였다.

그것도 능숙한 솜씨로 빗자루로 긁어모아 기계에 넣고
나니

한줌 재로 변하고 단지에 담겼다.

뾰족한 끝

밖으로 보이지 않게

수십 년 세월을 용케도 감추고

수행자의 눈처럼 살았던 그녀

하얀 보자기에 싸여

내 품에 안기다.

당신이 담긴 이 도자기에 따뜻함이

내 복부에 전해져

당신을 안은 듯

마지막 눈물은 지금쯤 나와야 체면이 서건만
루비콘 강을 건넜다.

누님 2

울고
또 울고
다시 모여 한바탕을 울고서도
이별의 기인 끈을 놓지 못했다.
후드득 떨어지는 빗방울이
죄스러운 눈물자국을 감추기는 하였지만
폐부의 세포마다 슬픔 가득 누가 알까 송구하다.
뒤돌아보고
또 돌아보고
한참을 지나서도 돌아보지만
그녀는 나타나지 않았다.
한 모금의 물을 다오.

나는 이제 갈란다.
사랑했다
사랑한다 말했지만
모두가 침묵하고 눈물만 흘릴 뿐
한 줄기 빛은 갈 길을 잃은 탓일 게다.

집에 돌아와서도

내내

그녀는 내 옆에 서 있었다.

누님 3

그대가

이 세상에서 혼자라고 느낄 때

외롭다고 느낄 때

아니면

그대의 마음이 의심으로 흔들리고

자신감은 먼 기억처럼 사라질 때

나는 나무처럼 그대 옆에 서 있게 되기를 바랍니다.

그대의 삶에서 무엇인가 혼란스러울 때

내 지혜에 귀를 기울이세요.

그대의 몸이 아플 때

어머니가 따뜻한 죽을 끓여 주시곤 했던 것처럼

그대의 영혼에 생기를 불어넣기 위해

나는 그대의 옆에 나무처럼 서 있겠습니다.

나는 여기에 있습니다.

그대를 향한 내 사랑이

고독하거나 외로운 동굴에서 걸어 나오게 할 것입니다.

누님 4

내 어느 때
떠나랴.
이곳 살아 숨 쉬고 머물렀던 곳을
누대에 걸쳐
역사에 남았으며 존재의 가치를 더했던 곳

내 어느 때 떠나랴.
이곳 살아 숨 쉬고 머물렀던 곳을
눈을 들어 저 들판을 쳐다본다.

내 어느 때 떠나랴.
이곳을,
부처가 미소를 띤다.

누님 5

오늘
오순도순 온 가족이 모여
그녀의 옷장을 열었습니다.
분홍색의 화사한 봄옷
어린 시절
보문산에서 한 아름 꺾어 주던 진달래를 닮았습니다.
하늘하늘한 여름옷 거기다가
스포티한 가을옷에
짧고 긴 모피 코트 두 벌
선물을 받은 듯 포장도 풀지 않은 내복과
단정하고 깨끗한 속옷들
이런저런 모양의 핸드백 몇 개와 화장품이
전부 다입니다.

그녀가
이 세상에 태어나 마칠 때까지
함께 한 것들
물건물건마다 사연이 깃들었다는 것이 참 재미있습니다.

갑자기 물건들마다 넘치는 이야기들이 담장을 넘습니다.

그러나 나는

아무리 찾아도 가질 것이 없습니다.

슬그머니 이것마저 없어지기 전에

몇 개의 추억 보따리를 주어 들었습니다.

새어나갈까 두려워 움켜쥐듯이 말입니다.

참 재미있습니다.

그제서야 그녀가 미소를 머금고 돌아섭니다.

사랑 3

소년 시절
사랑이라는 것에 대하여
사랑이라는 단어에서조차
깊은 열망과 환희심을 가진 적이 있습니다.
그때 읽었던 글귀들 중에 기억나는 구절이 있습니다.

몇 번을
마주친 남자와 여자가 있었습니다.
그들은
곧 사랑에 빠졌습니다.

그러나
서로 말을 못하고
그렇게
시간은 흘러갔습니다
둘은
이제
하루도 보지 않으면

못살 것 같은 사랑에 빠졌습니다.

어느 날
남자가 여자에게 다가와서 말했습니다.
당신을 사랑합니다.

그러자
여자는 행복에 몸을 떨며 말했습니다.

우리의 사랑은
이제 끝났습니다.

산다는 것

내 몸에 귀 기울이고
물리적 세상에
매순간
깨어 있다는 것이
동지섣달 삭풍에
콧등을 잃어버리듯
얼마나 겁나는 일이던지
지금도 시큰하오만
......
그래야
잘사는 것이라 하니.
그래야
파라마한사*의 위대한 백조가 된다하니

* paramahamsa : 깨달은 자 또는 위대한 백조라는 뜻.

고향의 강

굽어진 신작로 지나
소리마저 아스라한 실개천을 건너면
누런 황소 목 길게 질러대던 소리가
내 몸에 스며들어
의식이 되어 버린
꿩말의 작은 마루여.

허수아비

허수아비
나는 도심의 신호등처럼 서 있는
허수아비
불 꺼져 고장 난 허수아비
어머님께 살을 빌고
아버님께 뼈를 빌어
혼마저 조상께 얻었지만
나는
불 꺼져 고장 난 허수아비

여기서
저기서 우쭐대고
얼굴 내세우지만
맞지도 않는 남의 옷 빌려 입은
불 꺼져 고장 난 허수아비
번개 같은 세월 알았어도
혼미해진 정신은 어쩔지 몰라
아직도 가야 할 길 남았는데

남의 옷 빌려 입은 허수아비

어제 저녁 돌풍에 넘어지고 말았네.

달마를 따라 동쪽이나 갈 걸?

사랑 4

일상의 행복으로
그리움을 잠재우다

덧없는 세월
서로를 잊게 하고
지친 어제는
망각된 오늘로 태어난다.

하루를 살고
또 다른 내일을 요구하는 인간사
이룩하지 못한 꿈은
두 영혼의 바다에 빠졌다.

붉은 입술을 빠져나온
그대의 한 마디
내 가슴에 넘쳐 난 기쁨이 되고
슬픔도 환희로 되돌리던 그대
항상 그대는 나의 마법사였다.

이제 부디
그대 웃음이
내 영혼 속에서 평안으로 태어나길
열반의 언덕에 오를 때까지

사랑 5

내 가슴의 어둠을 몰아내고
한때는 빛이었던 그대여

더는 서럽지 마시오.
더구나 숨 가쁘게 몰아대는
상처 난 이 심상에

그저 아름다운 추억은 두고
되도록 서럽지 않게 떠나시오.
그리움을 동여매도 삐져나오는
기억의 조각이 되게

눈물로 밝히던 여러 밤
우리
하나의 슬픔으로
방마다 불이 꺼지리니.

그저 아름다운 추억은 조금만 두고

되도록 서럽지 않게 떠나시오
한때는
서로의 가슴에 빛이었으니.

사랑 6

이젠
불러도 대답 없을 그대
울어도 돌아오지 않을 그대
그리움을 눈물은 닮아 갑니다.

그리고
길었던 밤도 가고 하루도 가겠지요.
바람 부는 벌판에 망초꽃처럼
서로 몸을 부딪치며 살아가겠지요.

가끔은 술 한 잔에
눈물 어린 세월 있을 터이고
깊은 밤의 외로움도 있을 터이오.
하지만
취한 걸음걸이 멈추고
뒤를 돌아보아도
그대는 나의 그리움이오.

사이

태곳적부터
인간의 죽음은 흙이 되고
나무들의 새로운 생명으로 다시 태어난다

그런가 보다
나도 지난밤 꿈에
초록의 나무숲의 본향에서
비단결 같은 낮잠을 청한 것을 보니…

태곳적부터
인간은 삶은 그렇게 돌고 돌아
하나의 원으로 이루어지고
자연스럽게 우주의 경이로움이 찾아오나니……

그저 바라고 바라옵건대
삶에서는 당당하고 겸손하며
죽음에는 용기와 깨달음으로 맞이하게 하소서
그리하여

깊게 패인 주름과 눈 내린 백발이 빛나게 하소서.
나무관세음보살

검은 상자

내가
검은 상자 안에 있다

내가 검은 상자 안에 있다

칠흑 같은 어둠
작은 바늘을 꺼내어
바늘구멍을 내었다
검은 상자 안이 환해졌다

검은 상자 안에 내가 있다
내가 만든 검은 상자 안에

섬

무無는 시始가 되고
유有 모母가 되다.

시애틀에서 보았던
고래가 포항으로 돌아왔다
기나긴 여정에
피곤함도 없이 나를 불렀다.

네 줄의 현에
활이 미끄러지듯 첼로를 쓰다듬을 때
그녀는
남쪽의 텃밭에서
배추를 손질하고 있었다.

가로등 불빛
여기저기 밝힐 때
아직 놀이를 마치지 못한 아이들은
어둑어둑한 골목길에 아쉬움을 뱉는다.

아직

그녀는

포항에서

돌아오지 않았음에도……

바라문 가는 길

하늘하늘 바람에 은빛 억새
가슴에 들다
파란 바람
눈 같은 하얀 머리
산속으로 들다
뒤나 한 번 돌아보련만……

괭이갈매기

아옹
아옹 아옹 괭이갈매기
하얀 날갯짓
파도 소리
파도 소리 그리고
세월을 낚는 사람들

철석
철석철석 멋진 비행 속에
황금의 시간을 잊었다
도시의 소음과 시름들이 파도 소리에 묻히고
바다 내음에 절여진 채
순간을 영원처럼 바라던 그들의 바램도 묻힌다

어차피
모든 것이 잊혀지리오만……

독도

새벽빛
저녁빛으로 만든 섬
독도

해국과 괭이갈매기
춤추고 노래하는 섬
독도

그곳에
우리 집 막내동생
단희 있네

하지만
지극한 사람은
내가 없는 법

태평양이 시작되는 아주 작은 섬이오
누대에 비장함이 서린 우리 영토임에

등에 새긴 진충보국 단단히 움켜쥐게.

무제

짐작도 못할

어두운 바다 위로

붉게 나타날 님을 기다리다가

하얀 침대 시트 위로

열정의 기차 한 대 지난다

역도 지나친 채……

런던에서 온

뿌연 안개는

모두를 하나로 묶고

너와 나는 하나가 된다

비로소 내 몸 위에서 떠오른다

두둥실 두둥실 두둥실

도버 해협을 넘는다

사람은 누구나 아픔이 있지

사람들이
허허롭게 웃고 있어도
누구나 남모를 아픔이 있지

그대의 아픈 경험은
그대만 아는 경험이니
해결책도 그대만의 것이라

사람의 가치는
앎과 말이 아니고 실천이듯이
아픔을 넘지 않으면 모자 쓰지 않은 허수아비 같은 것

그대
어느 날 빈 들판에 서거든
바람에 날아 간 밀짚모자를 씌워 주시게

혹
몰라

그것이 우리의 마음 한 켠을 채워 줄런지

우리는 살아가면서 많이 배우지
맞지 않는 옷을 입고 서 있는
허수아비의 아픔을 통해서도

길

1.

길은 생각을 만든다.

길은
생각하며 걷던 누군가의 길을 내가 다시 밟는 것이다.

한 자리에 서서
자기를 지켜 낸 모든 것이 아름답듯이
자기가 가야 할 길을 가는 사람은 아름답다.

2.

숲속으로 난 작은 길이거나
도시의 골목 끝 후미진 길이거나
사람의 손이 잘 닿지 않는 길 어디쯤에
레이스가 주렁 달린 하얀 모자를 쓰고
창문 달린 베란다에 고개를 내밀던

바로 거기에 너를 떠난 보낸

첼로의 저음이거나
플룻의 슬픈 랩소디거나
잊혀진 망초꽃 향기로 되살아난다.

길은 생각을 만들고
길은 창조를 꿈꾼다
길은 너의 길이자
나의 길

길은 걷기 위해 거기 있다.

부활

나는십자가에서내린지오래다

골고다언덕의땅바닥은너무뜨겁다

순교자는유니콘을타고충직한개한마리와떠났다

존재양상과실재존재사이를건너

이제나는단순존재로남았다

無Nothing독특하고신비로운것을가리키는

손가락이아니다

둥근사각형너무큰황금산은어쩌고

산사山寺가는 길

눈감으니
깊은 산 솔내음
맑은 물 가재 한마리
높은 하늘 지지배배 종달새
마음가득 들어오네

혹
여기
도솔천

수덕(修德)스님의 시에는 진한 외로움과 사랑이 묻어 있다. 그 외로움과 사랑의 결을 켜켜이 따라가다 보면 우리는 어느새 축축한 그리움에 젖게 된다. 그러나 그 외로움과 사랑은 감각적 외로움과 사랑으로서의 외로움과 사랑이 아니다. 그 외로움과 사랑은 그의 전언처럼 주이상스(jouissance : 이상과 현실을 넘어서는 죽음의 영역, 또는 상징계를 넘어서는 즐거움)로서의 외로움과 사랑이다. 그러므로 그 외로움과 사랑 속에는 깨달음으로서의 그녀가 있고, 누이가 있고, 플라스틱 김치냉장고가 있다. 그리하여 우리는 마침내 그의 수덕산에서 일평생 그를 이끌어왔던 그의 유전자지도를 만나게 된다. 참 아릿하다.

– 승한스님 · 시인

수덕산 수덕나무에 수덕꽃이 피었다.
대지의 정령들이 웅성거리고
하늘엔 무지개 걸렸다.

우주정원에 경사 났으니
모두 구경 갈 일이다.
수덕 스님은 이미 내빼고
거기엔 없을 터이지만……

그 양반 찾으려면
꽃 속으로 들어가거나
우주 밖으로 나가야 할 것이다.
그러나 구태여 그럴 것까진 없겠지.
있으나 없으나 꽃향기 이미 허공에 가득하니……

– 정신세계원 원장 봄날

시공時空을 초월한 순환적 시세계

– 수덕스님의 첫 시집 『스테이크 스테이크 스테이크』

– 김선주 / 시인, 문학평론가

수덕스님의 첫 시집 『스테이크 스테이크 스테이크』는 서정을 바탕으로 감각을 일깨운다. 시인이 들려주는 목소리는 "겨울 하늘의 새벽별"(「겨울 새벽별」)처럼 맑고 엄숙하다. 섬광처럼 비치는 고독과 추억들, 그 속에서 "생각 가득한 그리움"(「명상 2」)으로 방황하지만 "비가 그치면 / 하늘에서 무지개가 나타나듯이"(「자유」) 자연스레 마음이 순화된다. 마침내 환멸의 세계에서 도망친 순간 "내 존재가 / 존재의 빛으로 쏟아져 내릴 때"(「눈물」) 과거는 저만치 물러난다. 어느덧 겨울밤은 깊어가고 꿈처럼 "그대 가는 길에 포근한 눈발이 날"(「다인」)릴 때, 비로소 나는 다시 태어난다.

1. 길 위에 쓴 행인의 역사

우리는 각자의 인생길로 접어드는 중이다. 때로는 길 위에서 망설이다가 이내 선택한 길을 향하여 힘찬 걸음을 계속한다. 혹자는 자신이 '걸어온 길'이 특별하다고 여기지만 실은 그 이전부터 누군가의 전철을 반복하는 것이 자연스런 삶의 행로였다.

시적 화자도 "길은 / 생각하며 걷던 누군가의 길을 내가 다시 밟는 것이"라고 이야기한다. 이처럼 우리에게 펼쳐진 무수한 길은 낯선 미로가 아닌 친숙한 세계이다. 너와 내가 함께하는 '동행의 역사' 이것이 바로 「길」이 추구하는 정신이다.

길은
생각하며 걷던 누군가의 길을 내가 다시 밟는 것이다

한 자리에 서서
자기를 지켜 낸 모든 것이 아름답듯이
자기가 가야 할 길을 가는 사람은 아름답다

– 「길」 부분

가지 않은 길은 늘 아쉬운 미련이 남는다. 화창한 어느 날 "숲속으로 난 작은 길"을 통해서 곧장 걸었다면 이제는 좀 더 향기로운 생활을 하고 있을까. 어두컴컴한 "도시의 골목 끝 후미진 길"을 택했다면 지금쯤 평범한 소시민의 기막힌 일상을 맞이하고 있겠지.

시적 화자는 "사람의 손이 잘 닿지 않는 길 어디쯤"서 그 옛날 자신이 떠나보낸 추억 한 자락을 슬며시 찾아가고 있다. 어느새 "하얀 모자를 쓰고" 엷게 미소 짓는 여인의 모습이 저만치에서 보인다. 그녀가 "창문 달린 베란다에 고개를 내밀"며 누군가에게 어서 오라고 손짓한다. 안타깝게도 그들 연인은 사랑했지만 곧 헤어져야 했다. 이별 후 그녀와 관련된 모든 기억을

지우려 애썼건만, 지금까지도 "첼로의 저음"처럼 나지막하게 "플롯의 슬픈 랩소디"처럼 애절하게 가슴을 파고든다.

세월이 흘러도 변함없이 "한 자리에 서서 / 자기를 지켜 낸 모든 것이 아름답듯이" 끊임없이 변화하는 이 세상에서 자기세계를 잃지 않고 "자기가 가야 할 길을 가는 사람은 아름답다." 수덕스님의 마치 경구를 읊는 듯 시집 곳곳에 배치된 언어는 그 자체만으로 "생각을 만들"게 하고 "가야 할 운명의 길"(「길에 서다」)을 스스로 열게 한다.

2. 고독을 비추는 시간의 향기

미지의 세계처럼 아득한 시詩 「섬」을 읽다보면 자연스레 망망대해에 떠있는 외딴섬이 연상된다. 지구촌을 누비는 여행자, 그는 행복을 위해 걷지만 정작 낯선 이국땅에서 가끔 외로움에 젖기도 한다. 어쩌면 바다 위의 홀로된 섬처럼 스스로를 타자로부터 분리하는지도 모른다.

무無는 시始가 되고
유有 모母가 되다

시애틀에서 보았던
고래가 포항으로 돌아왔다
기나긴 여정에
피곤함도 없이 나를 불렀다

네 줄의 현에

활이 미끄러지듯 첼로를 쓰다듬을 때

그녀는

남쪽의 텃밭에서

배추를 손질하고 있었다

가로등 불빛

여기저기 밝힐 때

아직 놀이를 마치지 못한 아이들은

어둑어둑한 골목길에 아쉬움을 뱉는다

아직

그녀는

포항에서

돌아오지 않았음에도.......

– 「섬」 전문

누군가의 노래처럼 고독이 무섭게 엄습해온다. 불현듯 '섬' 그 곳에서도 생명이 탄생하고 "무無는 시始가 되고 / 유有 모母가 되"어 인류의 역사는 더욱 풍성해진다. 태초에 모든 것은 무에서 시작되고, 살아있는 모든 것들이 그들의 어미로부터 나온다. 사람이 그렇고 주변의 동식물이 다 그렇다. 과연 생명의 원천인 '어미母'는 어디에서 태어났는가. 의문이 꼬리에 꼬리를 무는 형식으로 점점 더 생각의 골은 깊어지고, 해답을 찾기 위해 고민하지만 명쾌한 답을 구하기 어렵다.

무슨 일인지 "시애틀에서 보았던 / 고래가 포항으로 돌아왔다" 시애틀에서 포항까지의 간극을 물리적 거리로 환산하면 분명 "기나긴 여정"이다. 그 와중에 고래는 지치지도 않는지 "피곤함도 없이 나를 불렀다." 나我 곧 시적 화자를 부르는 고래의 정체는 무엇인가.

언제 어디서나 "나는 지금도 잊지 않습니다. / 그대를 처음 만났던 때를"(「뉴욕에서」) 진정 사랑한 그대는 "하늘이 있어 땅이 있듯이" 내게 없어서는 안 될 생명처럼 소중한 존재이다. "어둠은 빛의 존재로 가능한 것처럼" 우리는 서로에게 영원한 등대燈臺로서 절대적 가치를 지닌다. 이제 그대를 저 멀리 떠나보낸다. 세계의 "상실은 또 하나의 세계를 꿈꾸며 / 관세음보살의 미소처럼 싱그럽"(「뉴욕에서」)게 다시 피어난다. 어느 한 쪽이 부재한 상태에서도 늘 함께 호흡한다. 그들은 삶과 죽음을 초월하여 순환적 세계를 꿈꾸는 것이다. 마치 시애틀의 고래가 어느새 "남쪽의 텃밭에서 / 배추를 손질하"며 웃음 짓는 소박한 여인 "그녀"로 환생한 것처럼.

외딴섬마냥 각자의 세계로 숨어든 사람들, 그 속에 갇힌 자아가 보인다. 희미한 "가로등 불빛 / 여기저기 밝힐 때"면 잠들었던 섬들이 일제히 눈을 뜬다. 저녁이 다가오고 "아직 놀이를 마치지 못한 아이들은 / 어둑어둑한 골목길에 아쉬움을 뱉는다." 한 아이는 낮에 쌓은 모래성을 쉽게 무너뜨리고 또 다른 내일을 기약한다. 섬 안에 갇혔던 "네 줄의 현에" 설익은 자유를 담고 "첼로"의 그윽한 선율에 마음을 빼앗긴다. 창문 밖에 낯익은 그

림자가 어른거리고 "아직 / 그녀는 / 포항에서 / 돌아오지 않았음에도" 그녀의 온기가 방안을 가득 메우고 있다.

수덕의 시는 시공時空을 탈피하여 어디든 자유롭게 드나든다. 순식간에 시애틀과 포항을 왕복하고, 고래에서 여인으로, 아이에서 어른으로, 타자에서 자아를 기점으로 끝내 최후의 불자로 거듭나고 있다. 이것이 바로 그가 노래하는 윤회이며 재생의 힘이다.

3. 매혹의 서사, 그대를 향한 노래

시인은 역사에 흐르는 특별한 사랑마저 흔히 접하는 우리늘 이야기로 보편화시킨다. 때로는 지나간 사랑이야기가 현실의 아픔과 갈등을 치유하는데 큰 힘이 된다.

프랑스 혁명기에 나폴레옹의 등장은 그야말로 신선한 충격이었다. 당대 최고 영웅을 순식간에 매료시킨 조세핀은 마지막까지 그의 영혼을 거머쥐었다. 그럼에도 불신과 결핍의 날들은 계속되고 "얼마 남지 않은 추억까지 / 웨딩의 슬픈 곡조에 파묻힌" 채 그녀는 비극적 최후를 맞이한다.

세인트헬레나로 가면서 나폴레옹은 주치의 앙등 마르사에게 말했다
내가 죽은 뒤
내 위장을 자세히 부검해 보라고

아침 음식 접시 위의 커다란 스테이크처럼

밤색 소스를 바른 채

그녀는 하얀 침대 위에 생소하게 누워있고

오랜만에 쬐는 낯선 조명은

얼마 남지 않은 추억까지

웨딩의 슬픈 곡조에 파묻히게 했다

-「스테이크 스테이크 스테이크」 부분

어느 날 누군가의 결혼식 장면을 지켜보다가, 문득 상상의 세계로 접어든다.

그토록 원했건만 "조세핀은 과연 결혼식을 올려 보기나 했을까." 역사적 문서에 따르면 나폴레옹과 조세핀은 성대한 결혼식을 치렀다고 전해진다. 황당하게도 시 속의 조세핀은 "웨딩마치에 맞춰 부케를 들어 본" 적도 없는 비운의 신부로 묘사된다. 이와 동시에 "부케에 그리움 하나씩을 꽂아 보긴 했을까"란 설의법으로 그녀에 대한 연민의 정을 한층 두텁게 한다.

시적 화자는 "옆자리에 앉은 여자가 몇 캐럿의 다이아를" 몸에 지니고 자랑하듯 "뱀 혓바닥처럼 날름거리며 치근" 대도 그 순간 흔들리지 않으려 애쓴다. 웃음소리와 소음이 가득한 공간에서 "모피 코트 위에 걸어놓은 귀걸이를 스테이크 접시 위에 내려놓고" 주위를 한번 휘익 둘러본다. 음악 소리가 흐르는 가운데 "스테이크"를 썰듯이 우아한 자태로 "나는 칼질을 했다." 어디선가 "신부 입장을 알리는 장내 멘트와 함께 다시 수근" 대는 소리가 들려오고 급기야 "낯선 병정들의 얼굴이 춤추기 시작"한다. 누군가 그리워 고개를 들지만 "익지 않은 시선들이 어설프게 교차하고" 잘못된 만남의 예고인지 "콜라의 맥주 거품처럼" 들떠서 제대로 소통이 안 된다.

마침내 그의 유언에 따라 "나폴레옹의 위장을 들어내자" 믿을 수 없는 광경이 포착된다. 그것은 놀랍게도 "이미 추방당한 조세핀이 알몸으로 / 그 속에 다시 세 들어 살고 있음"이 밝혀졌기 때문이다. 운명의 여인을 가슴에 묻고 떠나간 나폴레옹, 그의 심장은 아직도 불꽃처럼 뜨겁고 활기차다. 이와 함께 "흑백 사진은 이제 더 이상 추억 놀이가 아닌 단순한 흑백 놀이임"을 깨닫는다. 이처럼 시인이 전하는 시詩「스테이크 스테이크 스테이크」는 한편의 영화처럼 드라마틱하게 감각적으로 펼쳐진다.

4. 방황하는 자아, 시詩를 만나다

불자의 생활은 여타의 속인들과 비교하면 정결하기 그지없다. 매일 불경을 읊고 검소한 옷차림과 채식 생활 등으로 심신수양에 힘쓴다. 세인으로서 감당하기 힘든 일을 그들은 기꺼이 맡아 극복해낸다. 그럼에도 불완전한 사람이기에 때로는 「욕망이 찾아오는 길」모퉁이에서 '방황하는 자아'로 돌변할 때가 있다.

뿌연 도시
칙칙한 비
듬성듬성 돋은 내 까까의 흰머리 위에서

찌그러진 우산을 비집고
고개를 내미는
빗방울이 굴러 떨어질 때
바로 그때

– 「욕망이 찾아오는 길」 전문

시인은 예고 없이 찾아오는 욕망의 형태를 선명한 이미지로
형상화한다. 안개처럼 모호한 도시의 얼굴이 추적추적 내리는
비에 엉켜 기괴한 모습으로 다가온다. 흠칫 놀라다가도 이내
"뿌연 도시 / 칙칙한 비"가 내리는 길목에서 잠시 회상에 잠긴
다. 어느새 "듬성듬성 돋은 내 까까의 흰머리 위에서 / 찌그러진
우산을 비집고" 아우성치는 모습이 애처롭다. 문득 "고개를 내
미는 / 빗방울이 굴러 떨어질 때 / 바로 그때" 무슨 일이 생길지
의아한 순간이다. 그토록 애써 깎은 머리로 청렴을 원했건만 언
제든 비집고 들어오는 "욕망"의 그늘아래 또다시 무너지고 만
다. 아름다운 추억이 욕망의 멍에를 쓰고 "내 까까의 흰머리"는
온통 세속의 먼지로 뒤덮인다. 숭숭 뚫린 구멍사이로 바람이 분
다. 추억으로 떨어져 내리는 빗방울과 그 허허로움, 적막의 흰
바람이 저만치 홀로 가고 있다.

세상과 어울리지 못하고 성공 없이 슬픈 날에도 화자는 힘써
견뎌왔다. 빗물에 씻긴 마을을 바라보며 생각에 잠긴다. 그는 아
직 살아있고, 흙처럼 겸허히 살고프다.

태곳적부터

인간의 죽음은 흙이 되고
나무들의 새로운 생명으로 다시 태어난다

그런가 보다
나도 지난밤 꿈에
초록 나무숲의 본향에서
비단결 같은 낮잠을 청한 것을 보니

– 「사이」 부분

　누구나 알지만 정작 모르는 것이 "인간의 죽음"일 것이다. 시
인은 "초록 나무숲"을 그의 "본향"으로 지칭하며, 이와 연계하
여 "인간의 죽음은 흙이 되고 / 나무들의 새로운 생명으로 다시
태어나"는 재생의 원천으로 노래한다. 이것은 비단 개인뿐만 아
니라 세상의 무수한 이들이 그렇게 믿고 있다. 아득한 옛날부터
"인간의 삶은 그렇게 돌고 돌아 / 하나의 원으로 이루어지"며
이런 현상을 순환론이나 불교의 윤회설로 제시한다. 시적 화자
는 지극히 평범한 어휘들의 나열 속에서 묵묵히 구도자의 삶을
이어간다. 그는 "삶에서는 당당하고 겸손하며 / 죽음에는 용기
와 깨달음으로 맞이하게 해"달라고 간절히 발원한다.
　삶과 죽음이 공존하는 세계, 그곳은 어디쯤일까. 죽음 너머 저
편에서 또 다른 삶의 향연이 펼쳐지고 있다. 이처럼 탄생에서
죽음까지의 미학적 거리 「사이」는 끝없이 되풀이되는 인류의
역사이며, 지금도 계속된다.

글 · 사진 수덕

수덕스님은 인도에서 간디자연치료대학을 졸업하고 이 학교에서 카이로
프락틱을 강의하였다.

그후 간디 자연치료병원과 헤르메스병원 등에서 제자들과 의료봉사활동
을 하며 의사들을 상대로 강의하였다.

몇 년에 걸쳐 달라이 라마와 만난 것을 인연으로 인도, 네팔 등에서 명상
여행을 하며 글로써 국내에 이름을 알리는 한편 미국 샌디에고의 막스거
슨연구소와 멕시코의 티후아나 자연치료병원에서 수학하였다. 그리고 뉴
욕 Greenwich Village meditation center에서 명상수련을 이끌었으며 흙작
업과 사진, 그림에도 관심이 깊어 전시회를 열기도 하였다.

그러면서 서울문학에 추천작가로 활동하다가 '문학과 문화'에 신춘문예
시 부분에 당선되었다.

귀국 후에는 가평의 대원사에 템플스테이관장을 역임하고 지금은 서울의
불교문화원에서 명상을 지도하며 불교문인협회 회원으로 활동하고 있다

스테이크 스테이크 스테이크

초판 1쇄 발행 2012년 1월 20일

지은이 | 수덕 스님

펴낸이 | 이의성

펴낸곳 | 지혜의나무

등록번호 | 제1-2492호

주소 | 서울시 종로구 관훈동 198-16 남도빌딩 3층

전화 | (02)730-2211 팩스 | (02)730-2210

ⓒ지혜의나무

ISBN 978-89-89182-86-3 03810

* 잘못된 책은 바꾸어 드립니다.